AF206365

Monika Neusser

„Old in the City"

35 Geschichten aus dem wahren Leben

FÜR ALLE,
DIE DAS LEBEN MIT HUMOR NEHMEN!

Impressum

© 2017 Monika Neusser

Umschlaggestaltung, Herstellung und Verlag: Books on Demand GmbH, Norderstedt

ISBN: 978-3-7448-9978-9

Bibliografische Information Der Deutschen Bibliothek:

Die Deutsche Bibliothek verzeichnet diese Publikation in der Deutschen Nationalbibliografie; detaillierte bibliografische Daten sind im Internet über http://dnb.ddb.de abrufbar.

Inhaltsverzeichnis

Prolog

Es war eine Zangengeburt. Nach dem Tod von meinem Papa konnte ich zwar mein zweites Buch „Cold in the City" gerade noch fertigstellen, aber dann geschah etwas, das man wohl Schreibblockade nennt. Die Trauer, aber auch der Übergang in meinen Ruhestand und die damit verbundene nicht enden wollende ehrliche Freude, alles das waren sicher in meinem Kopf zu verarbeitende Ereignisse. Noch dazu hat mein Mann bei seiner Pensionierung den größten Teil der Arbeiten in Wohnung und Garten, sämtliche Besorgungen und notwendigen Wege übernommen. Ab dem Antritt meines Ruhestandes habe ich das wie selbstverständlich ohne Verhandlungen und ohne große Worte dummerweise wieder an mich gerissen. Da hatte die Muse wenig Zeit mich zu küssen. Dazwischen hatte ich zwar immer wieder tolle Ideen und machte gleich Notizen, aber man muss einfach auf den richtigen Zeitpunkt warten können.

Das dritte Buch „Old in the City" hat am 10.2.2012 begonnen und wurde im Oktober 2017 vollendet. Danke an alle, die mich immer wieder gefragt haben, wann das nächste Buch folgt und mir die schriftstellerische Treue gehalten haben. Ich bin eben doch kein Profi wie z.B. Konsalik, sondern nur ein Amateur-Schreiberling mit Herz und Seele ohne finanziellen Erfolgsdruck, obwohl der Erlös meiner Bücher an die Krebsforschung/Krebshilfe gespendet wird.

Danke an alle Lieben, die mich mit ihren Geschichten beglücken. Danke an meinen Mann für das tolle Buchcover und die vielen herrlichen Zeichnungen. Danke an Gartenfreundin Heidi für das mühevolle Probe- und Korrekturlesen.

Es schwirren bereits viele Ideen für ein viertes Buch in meinem Kopf herum. Bitte helft mir! Ihr alle seid meine Inspiration und die Basis für diese Bücher.

Old in the City

Ich hasse U-Bahn fahren. Es ist für mich echter Stress. Die vielen Menschen, hustend, schnäuzend, telefonierend, essend, ... Schrecklich, aber mein Auto ist beim Service und ich muss unbedingt einen Termin einhalten. Taxi fahren ist mir zu teuer und auch dort fühle ich mich oftmals ziemlich unverstanden, wenn ich zehnmal erklären muss, wie man an das Fahrziel kommt.

Ich steige nun in die U-Bahn im ersten Bezirk am Stephansplatz und sie ist natürlich gerammelt voll. Ich zwänge mich durch die Massen und komme in der Mitte des Waggons zum Stehen. Ich schaue genervt in die Gegend und auf einmal höre ich die Worte: „Möchten sie sich niedersetzen?" Ich schaue das etwa 14-jährige junge Mädchen auf dem Sitzplatz vor mir entgeistert an und drehe mich dann reflexartig um, denn hinter mir muss sicher eine alte Dame oder ein alter Herr stehen, die einen Sitzplatz suchen. Aber nein, das junge Mädchen sieht MICH ganz freundlich und unschuldig an und wiederholt ihre Frage. Mir entschlüpft ein bissiges „Nein, danke!" und in mir fängt es an zu beben und ich denke mir: „Du kleiner Trampel ich bin 51 Jahre alt und spiele Tennis in der obersten Liga und arbeite täglich wahrscheinlich mehr als du in einer Woche. Ich bin jung und schau auch nicht alt aus, also frag nicht so blöd".

Der freundliche Teenager wird vermutlich nie wieder einer Person einen Platz anbieten und ich bitte um Verständnis für viele Jugendliche, die einfach stur sitzen bleiben, weil einige Jungsenioren zu eitel sind und einen auf jugendlich machen wollen so wie ich.

Gespaltene Persönlichkeit

In unserem Tennisclub gibt es einen Spieler, den nur ganz wenige und das auch nur halbwegs gut leiden können. Kurt ist eingebildet, ein Möchtegern-Casanova, unfreundlich und beim Tennis launisch und aggressiv und zählt absichtlich falsch. Offenbar hat er sich unter lauter freundlichen Menschen nicht wohlgefühlt und nach 2 Jahren den Club gewechselt. Bei einem Meisterschaftsspiel geht mein Mann Karl auf den Platz und traut seinen Augen nicht. Wer packt gerade seine Tennistasche aus und ist der Gegner von meinem Mann − der nette Herr Kurt. Mein Mann sagt nur ganz leise zu mir: „Gerade ich fasse dieses A…….. aus!" Man gibt sich zu Beginn reserviert die Hand. Das Spiel beginnt, Kurt zählt laut und richtig, gibt Bälle gut, über die man streiten könnte, ist freundlich, lustig, applaudiert bei guten Bällen von Karl. Wir sind eigentlich total verwirrt und können uns das nur so erklären, dass Kurt eine gespaltene Persönlichkeit hat und warten auf den Wutausbruch, der einfach kommen muss. Aber nichts passiert. Kurt lacht, hat Spaß am Spiel, das er zuletzt auch noch verliert und gratuliert meinem Mann ganz herzlich.

Beide gehen noch auf ein Bier und dann ist plötzlich das Geheimnis gelüftet. Es ist der Zwillingsbruder von Kurt. Hans ist das genaue Gegenteil von Kurt, ein lieber freundlicher Mensch. Sie gleichen sich wie ein Ei dem anderen, aber innen sind sie wie Jesus und Ozzy Osbourne.

Babyfreuden

Tochter N. ist schwanger und wir alle freuen uns riesig und nehmen großen Anteil am Verlauf der ganzen Schwangerschaft. Ich darf auch einmal zum Geburtsvorbereitungskurs mitgehen und bin schon sehr gespannt was auf mich zukommt. Nach ein paar Einführungsworten erklärt uns die Kursleiterin wie wir uns hinlegen und ein paar Gymnastikübungen machen sollen und dann die werdende Mutter umarmen sollen und so für Entspannung der werdenden Mutter sorgen können. Ich liege ca. 20 Minuten total verkrampft mit verdrehtem rechten Bein auf der Seite und streichle sanft meine Tochter und versuche Ruhe auszustrahlen. Ich traue mich nicht eine andere Stellung einzunehmen, damit ich sie und das kleine Wesen in ihrem Bauch nicht störe.

Nach 20 Minuten werde ich erlöst und die ersten Worte von N. waren, dass sie sich überhaupt nicht entspannen konnte und nur aus Rücksicht auf mich, sich nicht bewegt hat.

Ein paar Stunden später konnte ich meine rechte Seite nicht mehr bewegen, ich hatte so starke Schmerzen, dass ich zum Arzt musste und ein starkes Schmerzmittel gespritzt bekam. Der Arzt schrieb mich krank und ich konnte 3 Tage nur auf einer Seite liegen, von Schlaf war keine Rede.

Auf die Frage meines Chefs was der Grund meines Krankenstandes sei habe ich geantwortet, dass ich bei der Schwangerschaftsgymnastik war. Er war zu höflich, um genauer nachzufragen, immerhin bin ich schon 53 Jahre alt.

Sexy

Großprojekt Zahnsanierung! Ich habe mich entschlossen mein gesamtes Gebiss zu sanieren und lasse mir alle Zähne reißen und muss nun 3 Monate ein Provisorium tragen, damit die Wunden gut verheilen und die Implantate sich einrichten. Natürlich gibt es immer wieder schmerzhafte Druckstellen und die beiden Provisorien müssen gelegentlich einfach raus.

Im selben Zeitraum musste sich mein Mann einer Zehenoperation unterziehen und trägt eine Woche einen Gehgips und anschließend 3 Wochen eine Orthese. Um eine Thrombose zu verhindert spritzt er einerseits ein Mittel dagegen, andererseits hat er auf dem gesunden Bein einen weißen Stützstrumpf verpasst bekommen.

An manchen Tagen waren wir beide so richtig verzweifelt, weil wir Schmerzen hatten und ungeduldig bei der Heilung waren. Wir lungerten herum, ohne uns besonders schön anzuziehen oder zu frisieren. Genau an so einem Tag läutet es an der Türe, der Paketdienst bringt eine von uns bestellte Ware und schaut uns ziemlich entgeistert an.

Wir stehen beide in voller Pracht und Schönheit im Vorzimmer. Ich ungeschminkt, ohne Zähne und mein Mann mit geilem Stützstrumpf und Orthese und kurzer Hose und beide vermutlich unheimlich stinkend.

Mein kleiner grüner Kaktus

Amtsrat Dr. Müller, in den 70-iger Jahren Leiter einer großen Magistratsabteilung, hatte die Angewohnheit nach dem Dienst die für die Mitarbeiter zur Verfügung stehende Dusche zu benützen. Täglich zog er sich nach Büroschluss bis auf das Ruderleiberl und die Unterhose aus und spazierte die 4 Meter bis zum Duschraum bewaffnet mit frischer Wäsche und Handtuch den Gang entlang. Sein Sekretär, Herr Paul, war Kanzleidiener, Dienstmädchen, auf Lebenszeit Höriger und Leibeigener, aber auch der größte Bewunderer von Amtsrat Müller.

Der gute Herr Amtsrat entledigt sich seines Anzuges, seiner Schuhe und setzt sich auf seinen Bürosessel, um die Socken auszuziehen. Dabei dürfte er ziemlich heftig am Tisch angekommen sein und der dort stehende Blumentopf mit einem herrlichen Kaktus fiel in Richtung Herrn Amtsrat Müllers Schoß. Es kommt wie es kommen muss, er reagiert blitzschnell und fängt den Kaktus mit den beiden zusammengezwickten Oberschenkeln auf. Der folgende Schmerzensschrei ist bis zu Herrn Paul gedrungen, der sofort in das Büro seines Chefs stürzte.

Mit einer schnell organisierten Pinzette kniete Herr Paul zwischen den Beinen seines Chefs und pikste in mühevoller Kleinarbeit die Stacheln aus den Oberschenkeln von Amtsrat Müller.

17

Frau Kummer, eine langjährige, tüchtige Mitarbeiterin, wirklich nur ausnahmsweise länger im Büro, möchte dem Chef noch eine dringende Anfrage auf den Schreibtisch legen und stürmt in das Büro und findet Herrn Paul zwischen den Schenkeln des Chefs, der in Unterhose und Leibchen in seinem Sessel sitzt und stöhnt.

Die beiden Herren hatten alle Hände voll zu tun, um Frau Kummer zu erklären, dass es nicht so ist wie es aussieht, aber das Bild hat sie nie wieder aus dem Kopf bekommen.

Sonnenaufgang in der Toscana

Gerry ist ein Lebenskünstler. Er verdient sein Geld mit Gelegenheitsarbeiten, Musik, Theater, …. Er kann alles und ist sich für nichts zu schade, nur er möchte einfach nichts fix für ewig tun. Er ist auch gut Freund mit der heimischen Popszene und besonders ein sehr bekannter Österreichischer Musiker ist sein Freund geworden. Gerry hat auch in seiner Freizeit gerne gemalt. Er hat dies nie wirklich gelernt, sondern einfach seinen Gefühlen freien Lauf gelassen und sein Blick für Farbenzusammenstellungen war ziemlich gut. Es sind abstrakte, bizarre, farbenfrohe Bilder. Sein Musikerfreund ermöglichte ihm eines Tages eine gesponserte Ausstellung in einer Galerie mit sehr gutem Ruf. Die Eröffnung wurde mit guter Musik, tollem Catering und Gästen der sogenannten besseren Gesellschaft veranstaltet.

Die ausgestellten Bilder gingen weg wie die warmen Semmeln. Die geladenen Gäste kauften seine Gemälde zu horrenden Preisen und interpretierten die tollsten Themen und Gefühle in seine Bilder hinein. Gerry steht mit einer Dame der besseren Gesellschaft vor einem seiner Werke. Sie ist ganz verzückt und meint: „Das muss der Sonnenaufgang in der Toscana sein. Ich fühle die Wärme der Sonne und den Duft des Weines." Sie blätterte locker 1.500 Schilling hin und gab Gerry ihre Telefonnummer, aus welchem Grund auch immer. Gerry konnte nur verlegen lächeln und ging mit seinem Musikerfreund in einen Nebenraum.

„Ich halte das nicht mehr aus, sind das lauter Trotteln, nicht mal ich sehe irgendetwas in meinen Bildern. Das sogenannte Toscana-Bild habe ich nach einer durchzechten Nacht aus den Farbresten, die am Boden lagen, gemalt. Ich wollte es eigentlich wegwerfen und habe es zur Ausstellung irrtümlich mitgenommen.

Er hat es leider nicht kapiert die Dummheit der Reichen auszunützen. Er ist zu anständig für diese Welt. Er lebt weiterhin sein altes Leben, verdient sein Geld weiter mit Tingeltangel, aber …… ER IST GLÜCKLICH!

Umweg nach Venedig

Wir verbringen herrliche Tage in Italien. Conni und Hans haben zugesagt, dass sie nachkommen und wir sie am Flughaften Mestre abholen sollen.

Wir stehen zur vereinbarten Zeit in der Ankunftshalle, der Flieger erscheint auf keiner Anzeigetafel und wir sehen uns etwas ratlos um. Da läutet das Telefon und Conni sagt, dass sie bereits die Koffer haben und auf dem Weg nach draußen sind. Wir warten wieder und dann rufen wir mal Conni an. Sie meint, dass sie bereits aus der Ankunftshalle raus sind und uns vor dem Eingang suchen. Sie lotsen uns telefonisch aus dem Flughafengebäude und meinen, dass wir rechts zur großen Plakatwand gehen sollten. Dort sitzen sie auf der Bank. Wir sehen aber weit und breit keine Plakatwand und auch keine Sitzbank. Also nochmaliger Anruf und die Bitte genauer zu erklären wo wir uns treffen wollen. Es war verhext, keine der von uns gegenseitig vorgeschlagenen Treffpunkte war nur annähernd ersichtlich.

Eh klar! Conni und Hans warteten am Flughafen in der Stadt Treviso-Mestre und wir am Flughafen Venedig-Mestre. Im Laufe des Abends haben wir uns dennoch gefunden, aber wir mussten den beiden rund 30 Kilometer entgegenfahren. Keiner von uns hat gewusst, dass es in dieser Gegend zwei Flughäfen gibt.

Omama liebt Opapa

Freddy fährt alleine auf Kur. Auch Evi hat eine Kurbewilligung erhalten und lernt dort den netten Freddy kennen. Freddy und Evi sind jahrzehntelang verheiratet, aber nicht miteinander. Freddy und Evi, beide bereits Großeltern, sind plötzlich ineinander verliebt – und das auch noch heftig. Die beiden beschließen – wir wollen den Rest unseres Lebens gemeinsam verbringen und möchten gleich zu Hause reinen Tisch machen. Freddy steht seinen Mann und sagt seiner Frau wie es um seine Gefühle steht und gibt bekannt ein neues Leben beginnen zu wollen. Der Schock ist natürlich riesengroß und die Trennung schmerzhaft.

Evi bügelt zu Hause nach der Rückkehr vom Kurort gerade die Hemden ihres Mannes, der Fernseher läuft, ihr Mann sitzt wie immer auf der Bettbank. Es ist ein ruhiger Abend wie so viele in den vergangenen Jahren. Plötzlich hört sich Evi selbst sagen: „Du, ich habe auf der Kur jemand kennengelernt und ich möchte mich scheiden lassen." Evis Mann steht wortlos auf, sieht ihr bitterböse in die Augen und geht in die Küche. Sie hört wie er die Messerlade öffnet und etwas Metalliges herausnimmt. Sie wird völlig panisch und hält das heiße Bügeleisen bereits als Waffe in der Hand. Evis Mann kommt ins Wohnzimmer zurück, schaut noch immer finster, aber sagt: „Ich habe mir nur ein Bier und den Öffner geholt, jetzt können wir in Ruhe reden." Auch diese Ehe wurde zugunsten des Kurschattens geschieden.

Freddy und Evi sind nun schon über 25 Jahre glücklich verheiratet, aber immer wenn er einen Flaschenöffner zur Hand nimmt, weiß sie nicht so recht, ob sie lachen oder zusammenzucken soll.

Wenn Frauen Fußball schauen

Champions-League Halbfinale: der große Schlager Chelsea gegen Barcelona. Wir sind gerade auf Tenniscamp in Kärnten und alle (natürlich größtenteils Männer) haben sich im Fernsehraum zusammengefunden, um dieses wichtige Spiel mit zu verfolgen. Das Spiel beginnt und ich habe einen etwas ungünstigen Sitzplatz, denn das Licht spiegelt sich im Fernsehgerät. Ich bitte meinen Mann zum Lichtschalter bei der Eingangstüre zu gehen und das Licht auszuschalten. Das Spiel war jedoch in einer sehr spannenden Phase und erst nach mehrmaligen Bitten ist er mürrisch aufgestanden und zornig zur Eingangstüre gegangen. Er drückt den Schalter und das Licht geht aus, aber leider auch der Fernseher.

Großes Raunen im Saal, panische Rufe, Hektik − mein Mann bemerkt in Sekundenschnelle die Ernsthaftigkeit der Situation und .... verlässt einfach schnell den Raum. Alle starren zur Türe und der nächste Blick gilt mir. In ihren Augen lese ich die Worte "Wegen diesem Trampel sehen wir jetzt nicht dieses tolle Match und ihr Alter, der Feigling, haut einfach ab".

Alle springen auf, drücken Fernbedienung und Knöpfe, Tasten am Fernseher, fluchen, schimpfen. Es vergehen endlose Minuten, doch plötzlich gehen wieder das Licht und der Fernseher an und mein Mann tritt durch die Türe und verkündet stolz, dass er organisiert hat, dass der herausgesprungene Hauptschalter wieder eingeschaltet wird.

Er hatte Glück das Spiel war zu spannend, als dass die anderen Herren sich auf meinen Mann gestürzt hätten (aber ehrlich die waren knapp davor – ich habe es an ihren Augen gesehen).

Ein Chauffeur hat`s schwer

Es wird eine absolute Traumhochzeit. Da sind wir uns ganz sicher. Der beste Freund meines damaligen Verlobten heiratet die Tochter eines reichen Unternehmers, dem natürlich für seine Tochter nichts zu teuer ist. Der Bräutigam − ein echtes Schlitzohr − hat sich diese tolle Frau eigentlich gar nicht verdient, aber das wäre eine andere Geschichte. Es war in der Hochzeitsplanung bestimmt worden, dass die Freunde des Paares als Chauffeure der wunderschön mit Blumen geschmückten Autos der teils sehr betuchten und vornehmen Hochzeitsgesellschaft eingeteilt werden, um diese vom Treffpunkt, dem Elternhaus der Braut, zur Kirche zu fahren. Die Leute wurden von einem der Hochzeitsplaner in die einzelnen Autos verfrachtet, danach war unter den Freunden des Hochzeitspaares die Aufteilung der Autoschlüssel dran. Mein Verlobter fasste den schwarzen Mercedes mit dem Bräutigam samt Trauzeugen aus.

Ich bekam den Schlüssel für einen dunkelblauen 5-er BMW mit getönten Scheiben ausgehändigt und war gespannt wer sich an meinen Fahrkünsten erfreuen durfte. Ich öffnete die Autotüre und sah auf die hintere Sitzbank. Dort saß mit stolzem, arrogantem Blick, mich noch dazu grimmig anschauende zweijährige Afghanenhündin des Bräutigams namens Sarah, die auf Wunsch des Brautpaares unbedingt bei der Trauungszeremonie anwesend sein musste. Ich hatte damals so gut wie keine Erfahrungen mit Hunden und stand ziemlich belämmert eine ganze Stunde lang neben der Gott sei Dank braven Sarah in der Kirche, die den Blick auf ihr geliebtes Herrchen genoss und ihren persönlichen Chauffeur ganz einfach nicht mal ignorierte.

Der falsche Idefix

Idefix ist die große Liebe von Christa. Der süße Yorkshire Terrier ist wirklich ganz lieb und begleitet sein Frauchen überall hin und auch bei der Arbeit darf er immer dabei sein. Bekannt ist aber auch, dass sein Frauchen etwas schusselig ist und immer wieder irgendwo irgendetwas vergisst. Sie sagt zu ihrem Mann, dass sie zum Zielpunkt geht und den Hund mitnimmt. In der Zwischenzeit haben Christa und ihr Mann telefoniert und er weiß somit, dass sie bereits zu Hause ist. Nach ca. einer halben Stunde geht auch Christas Mann beim Zielpunkt vorbei und sieht, dass ein Hund an dem dafür vorgesehen Haken angehängt ist. Er ist voll und ganz überzeugt, dass es Idefix ist, den seine schusselige Frau vergessen hat. Der kleine Terrier geht auch ohne Probleme mit ihm mit und zu Hause schlägt Christa die Hände über dem Kopf zusammen.

Idefix liegt bereits schlummernd in seinem Körbchen und Christas Mann brachte auf ganz schnellen Beinen den Hund zum Zielpunkt zurück. Zum Glück hat noch niemand den Irrtum bemerkt. Offenbar waren Frauchen oder Herrchen zu einem etwas länger dauernden Wochenendeinkauf unterwegs.

Natasha

K. war zumindest 8 Arbeitstage im Monat auf Dienstreise. Hauptsächlich mit dem Auto im ehemaligen Osten – meistens sehr anstrengend und mühsam. Sprachprobleme, Hygieneprobleme, Arbeitsmoralprobleme, Mangel an Waren, Maschinen usw. waren an der Tagesordnung, jedoch die ortsansässigen Mitarbeiter sind zum größten Teil sehr bemüht, freundlich und versuchen am Abend den Arbeitstag mit einer Einladung in nette Lokale ausklingen zu lassen und so die Tagesprobleme in ein freundlicheres Licht zu setzen. Die ukrainische Assistentin des Geschäftsführers – eine wunderschöne, schlanke, intelligente, dunkelhaarige, stets topgekleidete Traumfrau – ist immer bemüht die ausländischen Geschäftspartner bestens zu betreuen. Da sie auch schon mehrmals in Wien war, kennt die Frau von K. die Assistentin und findet sie außerordentlich nett und zieht ihren Mann immer damit auf, wie weit denn die Betreuung dieser Traumfrau geht.

K. ist aber ein ehrlicher, integrer, treuer Mann und ruft jeden Abend zu Hause an und berichtet vom Arbeitstag. Zum Schluß sagt er: "Und jetzt bin ich gerade mit Natasha in der Disco!" Bei allem nur möglichen Vertrauen und Verständnis – das war zuviel – M. antwortet zornig: "Und ich putze gerade unser Häusl!"

Noch heute wird über dieses Telefonat herzlich gelacht.

Ein aufregender Polterer

Nici feiert ihren Polterabend mit vielen tollen Mädels. Beginnend mit Bowling, anschließendem Donauturm-Abendessen und ausklingenden vielen Cocktails in einer Bar etwas am Rande von Wien. Gegen 2 Uhr Früh hatte Monika genug gefeiert und ließ sich ein Taxi rufen. Der Taxler – ein richtiger alter, dicker echter Weana. Leider etwas schmierig und eine nervige Plaudertasche. Monika, nicht sehr gesprächig und etwas müde, wurde gefragt, ob alles in Ordnung sei. Ja sicher, so die Antwort.

Im nächsten Moment bremst das Taxi plötzlich ab und kommt fast zum Stehen. Das Auto steht mitten in den Pampas, rundherum nur Felder, Häuser sehr weit entfernt, keine Menschenseele zu sehen. Plötzlich hatte Monika tausend Gedanken im Kopf. Soll sie gleich aus dem Auto springen, aber wie weit kommt man mit so hohen schönen Schuhen, Handy bereithalten, Pfefferspray zücken, keine Angst zeigen, fester Blick und gerade Körperhaltung. Bevor sie dem Taxler mit einem Angriff zuvorkommen wollte, bemerkte sie den wahren Grund des Bremsmanövers.

Es war eine Riesenbodenschwelle aufgrund einer Baustelle.

Der Taxifahrer war zwar ein etwas merkwürdiges Exemplar, aber wirklich kein Wüstling. Er brachte Monika wohlbehalten und sicher nach Hause.

Pistenrowdy

Es gab eine Zeit, da konnte ich echt gut Schifahren. Da war keine Angst dabei und ich hab es ordentlich zischen lassen. Wir waren mit Freunden in Bad Kleinkirchheim und ich genoss den Urlaub, obwohl ich die schwächste und langsamste von uns war. Die drei konnten es einfach besser als ich und ich fuhr etwas über meine Verhältnisse, aber das ohne Probleme und mit Begeisterung. Da gibt es eine Abfahrt mit Steilhang, wo man einen ganz tollen Blick auf das Römerbad hat. Es war ein herrlicher sonniger Tag mit besten Schneeverhältnissen. Franz Klammer hatten wir auf der Piste ebenfalls gesehen und ein Foto geschossen, alles war perfekt. Die drei anderen waren schon unten, ich konnte sie nicht mehr sehen, also habe ich auch etwas Gas gegeben, wurde aber durch den herrlichen Ausblick etwas abgelenkt. Plötzlich fuhr ich mitten in eine Torstange, oder ein Plakat und bin nur mehr runtergekugelt. Mir ist nichts passiert und habe mich gleich wieder beim Lift angestellt. Ich wollte mir genau ansehen was ich da so spektakulär gerammt habe.

Ich fahre also die Stelle – diesmal langsam – an und lese, dass es ein Plakat war auf dem stand „please slowly". Na die haben genau gewusst warum die das dort hinstellen.

Roger Federer lässt mich straucheln

Wir sitzen gemütlich in einem Lokal neben dem Tennisstadion in Dubai, da hören wir, dass Roger Federer das Stadion gleich verlassen wird. Unter den Augen meines verblüfften Mannes und unserer Freunde springe ich auf und laufe wie von der Tarantel gestochen los, den Fotoapparat in der Hand. Wohl doch etwas zu schnell.

Ich stolpere und falle wie ein Sack vornüber auf den Beton. Den Fotoapparat halte ich fest in meiner Hand, damit ihm nichts passiert, aber ich ernte eine Schleimbeutelentzündung im linken Knie, zahlreiche blutende Schürfwunden an den Unterarmen, ein verrissenes Kreuz, unzählige blaue Flecken am ganzen Körper, eine Muskelzerrung im Po, eine Zerrung in der Leiste und eine zerrissene Hose. Das alles nur um Roger Federer in Dubai nach einem gewonnenen Match beim Verlassen des Stadions zwecks Foto nachzulaufen. Ein fremder Mann half mir wieder auf die Beine, ich rief ein schnelles „Danke" und konnte dennoch mein Ziel erreichen.

Völlig fertig stand ich einen Meter vor Roger Federer, konnte ihn endlich mal persönlich sehen und Fotos machen. Meine Blessuren musste ich noch viele Tage pflegen, aber glaubt mir – jeder einzelne blaue Fleck war mir das wert.

Fete blanche

In der Musikbranche ist er ein ganz Großer. Er hat sogar bei der Olympiade in Südafrika bei der Eröffnung gespielt und mit seinem Saxophon ist er ein absoluter Superstar – Andrew Young aus England. Er erzählt z.b. Geschichten über die Entstehung einzelner Beatles Hits und spielt diese ganz toll. Wir hatten das Glück, dass bei unserem jährlichen Sporturlaub ein Verwandter von ihm dabei war, der uns einen unvergesslichen Abend bescherte. Traditionell ist der Abschlussabend eine sogenannte Fete blanche – alle kleiden sich komplett in weiß und durch geschickte Beleuchtung ist die ganze Atmosphäre eine ganz wunderbare. Es wurde super musiziert, getanzt, gelacht, getrunken, ……

Monate später gab Andrew Young in Wien ein Konzert und wie es immer so seine Art ist, erzählt er zwischen den Musikstücken ein paar Geschichten in seiner unverwechselbaren Mischung aus englischem Akzent und wienerischen Ausdrücken. Es hört sich bei ihm einfach ulkig an, wenn er z.b. "Oida, eh klar" sagt. Er weiß eben beim Publikum Pointen zu setzen. Und so beginnt er über seinen Auftritt in unserer Runde im Sportcamp zu erzählen. Dass er gar nicht wusste, was eine Fete blanche sei und wer die Leute alle eigentlich dort sind. Doch am Ende des Abends hat er gewusst in welcher Runde er hier gelandet ist.

Er sagte wortwörtlich: Jetzt weiß ich, was eine Fete blanche ist – lauter fette Weiße. Er hat es mit einem Augenzwinkern erzählt und wir verzeihen es ihm, diesem Saxophongenie.

Elefant und Alkotest

Familie Bergmann – Vater, Mutter, Kind und Oma sitzen bequem im alten Ford Taunus und genießen den Besuch im Safaripark Gänserndorf, der leider vor Jahren seine Pforten geschlossen hat. Doch vor vielen Jahren war dies eine Sensation – man konnte exotische Tiere vom Auto aus beobachten. Ein lustiger Elefant war vom roten Ford Taunus offenbar sehr angetan und versetzte ihm einen liebevollen Bodycheck. Das Ergebnis dieser liebevollen Geste war eine ziemliche Delle an der Fahrertüre. OK, nicht so tragisch bei dem alten Auto, die Familie machte sich dennoch vergnügt auf den Nachhauseweg.

Leider fuhr die Familie in eine Polizeikontrolle und Herr Bergmann musste alle Papiere zeigen und wurde gefragt, woher die Delle an der Türe stammt. Er meinte, dass ihm das ein Elefant zugefügt hat. Aber er kam gar nicht dazu zu sagen, dass das in Gänserndorf bei der Besichtigung der Tiere passiert ist und er wurde gleich zum Alkotest in das Polizeiauto gebeten.

Es war etwas mühsam dem Polizisten den wahren Hergang zu erklären.

Menschen am Abgrund

Meine leider schon verstorbenen Schwiegereltern waren begeisterte Wanderer, Spaziergänger und Ausflügler. Beide waren auch sehr kontaktfreudig und haben sehr schnell Anschluss gefunden. Sie wanderten im bereits hohen Alter trittsicher und ohne Konditionsprobleme in Vorarlberg – also nicht gerade im leichtesten Wandergebiet – und merkten nicht wirklich, wie hoch sie schon gegangen sind bzw. wie schmal der Weg wird. Und dann kam eine Stelle, wo auf der einen Seite die Felswand ist und auf der anderen Seite geht's ein paar hundert Meter abwärts. Um diesen Bereich noch ein wenig interessanter zu gestalten hat man dort auch noch Gegenverkehr. Die beiden gehen unbeeindruckt auf diese Engstelle zu und es kommt ihnen ein junges Pärchen entgegen. Sie bereits etwas grün um die Nase, er ziemlich bleich und beide einen panischen Blick. Man hat sich also begrüßt und musste sich natürlich gegenseitig helfen. Genau an der engsten Stelle legt meine Schwiegermutter los. „Wo kommen sie her? Wie lange bleiben sie noch auf Urlaub? Kommen sie wieder?" Da keine Antwort kommt, weil die zwei jungen Leute in Schrecken erstarrt sind, erzählt meine Schwiegermutter weiter, dass sie hier geboren wurde, aber jetzt in Wien lebt und zwei Kinder hat und zwei Enkelkinder usw. ……….

Nur die pure Höflichkeit und die notwendige Hilfe der beiden älteren Herrschaften hat das junge Paar davon abgehalten einfach zu schreien „Jetzt halt einfach das Maul, Alte!"

Aber so waren meine Schwiegereltern einfach − jeder Situation gewachsen und immer nett und freundlich.

Die Weihnachtsmaus

Kathi ist eine begnadete Köchin und auch zu Weihnachten ist sie aus der Küche nicht wegzubringen. Ihr legendärer Lebkuchen ist ein Gedicht und wir freuen uns jedes Jahr auf diese Delikatesse. Die Familie hat das Glück einen ziemlich großen Keller zu besitzen, der trocken und sehr sauber ist. Dort hat Kathi alle ihre Vorräte sorgfältig geordnet und vor allem zu Weihnachten sind dort die unzähligen Keksdosen mit Beschriftung und fertigem Inhalt aufbewahrt. Eine ihrer Freundinnen ist eine geniale Weihnachtskekseherstellerin. Sie gibt Kathi einen liebevoll gestalteten Weihnachtsteller mit verschiedenen Sorten der besten Kekse. Kathi selbst kämpft immer wieder, wie wir alle, mit Gewichtsproblemen und hat sich für die Weihnachtszeit ein striktes Kekseverbot erteilt.

Dann geht sie wieder einmal in den Keller, um etwas zu holen und ihr Blick fällt auf den dort abgestellten Kekseteller ihrer Freundin, der für die eigene Weihnachstafel vorgesehen ist und wie ein Augapfel gehütet wird. Der Teller steht in einem eher finsteren Teil des Kellers, also greift Kathi blindlings unter den abgedeckten Teller. Der mit der Hand gefasste Keks fühlt sich etwas pelzig an, aber was hat man nicht oft für ein Gefühl in den Fingern? Sie führt die Hand zum Mund und gerade noch rechtzeitig merkt Kathi, dass sie eine lebendige Maus in der Hand hält. Mit einem Mordschrei lässt sie das Tier fallen und muss sich erst vom Schreck erholen. Ja, ja der liebe Gott straft die kleinen Sünden sofort.

Also Achtung, wenn ihr von Kathi Lebkuchen geschenkt bekommt, ein vorsichtiges Öffnen und hineingreifen bei gutem Licht ist Voraussetzung, denn wer weiß, ob nicht die eine oder andere Maus auch eine Dose öffnen kann ………..

Ein herzhaftes Määääääh

Eine Woche vor Ostern kam Bernd von der Arbeit nach Hause in den Garten – ein süßes Kitzlein am Arm und verkündet: „Schauts, das habe ich gekauft, das essen wir zu Ostern!" Die 5 anwesenden Kinder stürzten sich auf das niedliche Kitzlein und es wurde abgeschmust, herumgetragen und durfte Fahrrad fahren (da gibt es sogar ein Foto). Wenn sich jemand niedergesetzt hat, setzte sie sich dazu, legte vertrauensvoll das Köpfchen auf die Knie und blökte ganz leise, die Glöckchen unterm Kinn wackelten und es sah alle immer ganz treuherzig an. Von wegen schlachten und essen. Bernds Frau nahm ihn zur Seite und fragte mal ganz locker, ob er eigentlich einen Vogel hätte, er kann doch nicht das liebe Tier den Kindern zum Spielen bringen und eine Woche später auf dem Teller servieren. Kommt gar nicht in Frage, selbst Bernd war dazu viel zu tierliebend. Am Abend fuhren sie nach Hause in die Wohnung, aber wohin mit dem Kitzlein? Sie legten einen Jutesack in die Küche, die als einziger Raum Fliesen hatte, doch die Ziege rannte pausenlos um den Küchentisch, sprang zwischendurch gegen die Glastüre und war frisch und munter. Bernds Frau meinte, dass die unteren Nachbarn glauben müssen er verfolgt sie und sie rennt mit Stöckelschuhen im Kreis. Also umsiedeln ins Vorzimmer vor den Spiegel, damit das kleine Kitz glaubt, dass es nicht alleine ist. Dort schlief es ganz friedlich bis Bernd in der Früh auf die Toilette ging und das kleine Kitzlein ihn begleitete und neugierig zuschaute. Der Familienrat hat beschlossen, dass das Kitz zum Landwirt zurück muss. 500 Schilling waren im Eimer, aber das war allen egal. In der Früh fuhren sie wieder in den Garten und Nachbarin Elisabeth fragte, ob das Kitzlein viele Lackerln und Bemmerln gemacht hat. Nichts dergleichen war passiert, anscheinend wusste es, dass es eventuell dann doch auf dem Ostertisch landen könnte. Wir haben dann der Nachbarin, die das kaum glauben konnte, eingeredet, dass wir dem Kitzlein hinten einen Stöpsel und vorne ein Gummihutterl drübergezogen haben.

Ich bin durchschaut

Ich bin seit einer Woche in einem Kurhotel in Villach. Mir geht's sehr gut und ich freue mich auf den einwöchigen Besuch meines Mannes. Wir haben einige Ausflüge vor und freuen uns schon auf die kommende Woche. Im Kurhotel werden auch diverse Veranstaltungen zu verschiedenen Themen angeboten. So kann man z.B. an einem Malkurs teilnehmen. Da mein Mann ein begnadeter Zeichner und Maler ist, schlage ich vor gemeinsam so einen Abendkurs zu belegen. Mein Zeichentalent endet mit dem Strichmännchen, aber was soll's. Als Thema wurde uns „Frühling" vorgegeben. Wir durften unter vielen Malwerkzeugen z.B. Acrylfarbe, Buntstifte, Ölkreiden, Bleistift, Wasserfarben, u.ä. …. wählen.

Alle im Kurs begannen voller Freude mit ihrem Werk, ich hatte keinen blassen Schimmer was ich malen soll. Eine Sonnenlandschaft kann ich nicht auf ein Blatt Papier umsetzen und Blumen kann ich schon gar nicht zeichnen. Der Begriff „BUNT" schwirrte aber in meinem Hirn hin und her. Ich begann also nebeneinander gereihte Vierecke zu zeichnen, die ich mit den buntesten Farben ausmalte. Ein ganzes A3 Blatt voll. Als alle fertig waren, hängten wir unsere Kunstwerke an die Wand und es wurde in der Gruppe darüber gesprochen. Man musste auch das Bild ein wenig erklären, was man sich z.B. dazu gedacht hat. Mein Mann hat einen wunderschönen Frühlingsstrauß gemalt, die Farben waren einmalig und er wurde von allen gelobt. Auch die anderen haben mit ihren Landschaftsbildern, oder auch Sonnen/Licht/Schatten- Schattierungen nur Lob bekommen.

Und dann war ich dran. Die Kursleiterin sagte zunächst, dass es wunderschön bunt sei und ich erklärte, dass für mich der Frühling einfach die bunteste Jahreszeit ist und ich das deshalb so gemalt habe. Und dann fragt sie mich: „Sind sie Buchhalterin?"

Ich hätte nicht gedacht, dass eine kleine Provinzmalkursleiterin meine gezirkelten Vierecke damit verbindet, dass ich eventuell zum Erbsenzählen, oder zum Perfektionismus, oder Ähnlichem neige. Verdammt, die Alte hat mich durchschaut!

Pensionsschock

Es ist mein letzter Arbeitstag, einer der schönsten Tage in meinem Leben. Ich bin gerne arbeiten gegangen, aber ich will dennoch endlich nach fast vierzig Jahren frei, frei, frei sein. Mein Mann ist bereits 5 Jahre vor mir in Pension gegangen und ich habe seine Anrufe gehasst, wenn er z.B. mitteilte, dass er im Mai die ersten Sonnenstrahlen im Garten auf der Liege genießt, oder nachmittags mit Lilly dem Labrador der Tochter durch die Praterauen streift, oder in der Früh mit dem Hund die ersten Spuren im Schnee zieht.

Es war ein wunderschönes Abschiedsfest. Der Chef hatte eine launige Rede parat, der Werksküchenchef hat herrliche Brötchen gezaubert und es haben sich unzählige Kollegen eingefunden, um mich zu verabschieden.

Mit dem folgenden Gedicht habe ich mich per E-Mail von allen Kollegen verabschiedet: „Hört ihr Leute, lasst euch sagen für mich hat`s endlich 12 geschlagen. Aus, vorbei mit Henkel-Pflichten, ab nun müsst ihr auf mich verzichten. Ich freue mich auf ein neues Leben ohne euren Spesenbelegen. Kein Zahlungslauf mehr, oh wie schön, es wird mir einfach super gehen. Ich wünsch` euch allen nur das Beste habt Spaß am Job und hackelt feste. Henkel soll euch glücklich machen, aber ich lass es jetzt woanders krachen. Tschau, baba und servus liebe Leut` es war sehr schön, es hat mich sehr gefreut!"

Und dennoch habe ich einen Schock erlitten. Karin aus der Personalabteilung, die ich wirklich unheimlich gerne mag, ist die Verursacherin. Sie ist ein ganz lieber Mensch und wir teilen viele sportliche Interessen und mögen uns einfach. Aber als sie am letzten Tag in mein Büro kam und ganz sachlich sagte: „Hallo Monika, hier ist dein Pensionistenausweis" ist es mir plötzlich ganz kurz, wirklich nur ganz kurz, in den Sinn gekommen, Mensch, du bist alt und bist jetzt Pensionistin und die blöde Kuh findet nichts dabei dir das so unverblümt an den Kopf zu schmeißen. Nein, nein so ist es nicht wirklich. Karin, ich mag dich weiterhin und ich genieße meine Freiheit in vollen Zügen.

Wuff Wuff

Unsere Freunde gingen mit ihrem Jagdhund im Prater spazieren, als ein ca. 12-jähriger Bursche mit zwei Gipshänden und einem Rottweiler ohne Leine des Weges kam.

Der Rottweiler nahm plötzlich Anlauf und ging auf den Jagdhund unserer Freunde los. Unser Freund schrie seine Frau an, dass sie den Pfefferspray benützen soll. Als sie den in der Hand hatte und draufdrückte, ging der sozusagen „nach hinten" los und sie sprühte sich das komplette Programm selbst in die Augen.

Darauf schrie er, sie soll den Pfefferspray rüberschmeissen und als er den Spray in der Hand hatte und dem Hund in die Augen sprühen wollte, saß der auf einmal brav auf seinen Hinterpfoten und hat gehechelt, weil er geglaubt hat, er bekommt ein Leckerli.

Nun alles gut, die Freundin saß heulend am Weg und der liebe Göttergatte macht die Bemerkung: „Mah, wie du ausschaust !!!"

Fazit: Geh niemals mit Pfefferspray, Hund und Ehemann gemeinsam spazieren.

Ich habe Angst vor Bon Jovie

Mein Mann, mein Schwager und ich freuen uns auf das Konzert von Bon Jovie in Oberwaltersdorf auf dem Freigelände. Nach ein paar Liedern beginnt es zu regnen und den Rest des Konzertes haben wir unter Regenschutz verbracht. Die Stimmung war solala und am Ende gingen wir wenig begeistert zum Auto. Durch die Regenmasse war das ganze Gelände ein einziger See aus Schlamm. Die Parkordner waren nur bei der Anfahrt anwesend, jetzt waren alle Autofahrer sich selbst überlassen. Das führte dazu, dass wir 5 Stunden im Auto ohne einen Zentimeter des Weiterkommens verharren mussten. Ich wundere mich noch heute, dass wir kein WC benötigt haben, es wäre unmöglich gewesen im Schlamm auszusteigen. Wir waren um 4,30 Uhr zu Hause und um 8 Uhr mit einem etwas schrägen Auge im Büro.

Das nächste Erlebnis hatte ich in der Nähe von Achau. Bon Jovie dröhnt mit einem seiner Hits aus dem Autoradio. Ich gröle mit und merke nicht, dass ich etwas zu schnell in das Ortsgebiet einfahre. Der mit einer Kelle winkende Polizist reißt mich aus meiner musikalischen Euphorie und Bon Jovies Hit kostet mich 30 Euro.

Aller guten Dinge sind drei. Ich steige auf die Waage und mich trifft fast der Schlag − ich habe mein absolutes Höchstgewicht erreicht. Im Radio ist Bon Jovie mit „Little Runaway" zu hören. Ich war derzeit alles andere als „Little".

Also ehrlich — ich finde Bon Jovie ist zum Fürchten.

PS: Diese Geschichte war bereits fertig geschrieben, als uns im September 2016 in Saalfelden das Auto eine Reparatur von 3.500 Euro beschert hat. Ich saß 3 Stunden mit dem Hund wartend im Kundenraum fest, draußen schüttete es wie mit Schaffeln, mein Mann musste ein Leihauto aus einem etwas entfernten Ort besorgen und im Radio trällerte Bon Jovie „It`s my life".

Wie gesagt — ich habe Angst vor Bon Jovie!

Gelegenheit und Gucci machen Diebe

Mira geht mit Dackel Leni auf der Kärntner Straße spazieren. Es ist sehr heiß und der Hund wird immer langsamer. Plötzlich sieht sich Mira um und die geliebte Leni liegt regungslos am Boden. Es ist schrecklich, aber die liebe kleine, aber auch sehr alte Leni hat offenbar der Schlag getroffen. Mira ist geschockt und stürzt in das nächste Geschäft und bittet um ein großes festes Sackerl, damit sie ihren Hund hineinlegen und zu Hause im Garten würdevoll begraben kann. Die Verkäuferin ist sehr nett und gibt Mira ein sehr schönes und stabiles Gucci-Sackerl.

Da Mira nun etwas übel ist, setzt sie sich in das nächste Kaffeehaus und bestellt etwas zu trinken. Das Sackerl mit dem toten Dackel steht neben ihrem Sessel. Als sie sich kurz ihrer Handtasche widmet und dann einen Blick auf das Sackerl werfen möchte, ist es weg – einfach weg – gestohlen.

Der Schock der Diebe wird groß sein, anstatt fette Beute mit teuren Gucci-Kleidern haben sie einen alten toten Dackel erbeutet.

Marc Pircher geht mir auf den Allerwertesten

Oktoberfest in Wien, Party pur, Bombenstimmung, das Gösser-Zelt ist gerammelt voll. Wir alle warten auf den Auftritt von Marc Pircher. Von der ersten Sekunde, von der ersten Note seiner Musik, beginnen die Menschen mitzusingen und mitzuschunkeln und manche hält es nicht mehr auf den Holzbänken und sie steigen laut singend auf die Tische und Bänke. Die Leute an unserem Tisch sind ebenfalls in Hochstimmung, wir bevorzugen aber trotzdem das sitzende Schunkeln auf den harten Holzbänken. Nach ca. 1 Stunde Vollgas verlässt Marc Pircher die Bühne und auch wir denken langsam aber sicher ans Nachhause gehen. Es war wirklich ein gelungener Auftritt und wir gehen beschwingt heimwärts. Schon vor dem Schlafengehen spüre ich ein leichtes Ziehen in der linken Pobacke. Ich schlief ein und wachte nach ca. 3 Stunden mit Schmerzen auf, die ich gar nicht beschreiben kann. Bei jedem Atemzug, bei jeder auch nur ganz kleinen Bewegung zuckte ein höllischer Schmerz von meinem Hinterteil über meinen Außenschenkel bis zum Knie. Weinend weckte ich meinen Mann, der gleich die Rettung holen wollte, mir aber vorher doch noch eine

Schmerztablette gab und den Doktor Internet befragte. Er fand heraus, dass das nur der Piriformis-Muskel sein kann, der beim Schunkeln beleidigt wurde. Es war mir so wurscht wie das Ding in meinem Hintern heißt, es tat so weh, dass ich die restliche Nacht stehend verbrachte und am nächsten Tag meinen Osteopathen aufsuchte. Auf seine Frage hin was ich am Vortag gemacht habe sagte ich, dass ich mich mit Marc Pircher vergnügt habe, aber gleich richtigstellte, dass es nur schunkelnderweise war. Nach einem ordentlichen Lachanfall hat er den Piriformis in die Schranken verwiesen und meinen verlängerten Rücken wieder brauchbar gemacht.

Im Folgejahr kam Marc Pircher nicht mehr zum Oktoberfest. Er ist mir deshalb nicht noch einmal auf den Allerwertesten gegangen.

Ich bin so cool

Tatort Kleingartenanlage in Wien Leopoldstadt. Mein Mann und ich kommen spätabends vom Tennisplatz nach Hause. Wir fahren mit dem Auto Richtung Parkplatz und schon im Vorbeifahren sehe ich einen breitschultrigen jungen Mann in Jeans, und Lederjacke und mit einer tief ins Gesicht gezogenen Kappe. Wir parken ein und ich steige aus dem Auto aus, ich habe meine Brille nicht auf, der Typ wird immer langsamer, schaut in meine Richtung, hält dann inne und kommt dann mit langsamen Schritten direkt auf mich zu. Aus unerklärlichen Gründen – ich habe übrigens auch keinen Tropfen Alkohol getrunken – erwacht in mir eine ultimative Coolness. Ich baue mich auf und gehe ebenfalls dem Typen ganz langsam und mit erhobenem Haupt entgegen. Der Abstand beträgt nur mehr ca. 3 Meter da brülle ich den Typen ganz forsch mit total weisen Worten an: „Wos is?" Dabei setze ich mein finsterstes Gesicht auf, hebe mein Kinn und bringe meine Arme aggressiv in Boxstellung. Da bleibt der Typ abrupt stehen und sagt ganz leise und schüchtern: „Aber Monika, ich bin es der Florian." Er ist der Sohn unserer Nachbarn und ein ausgesprochen netter und lieber junger Mann. Ich habe natürlich behauptet, dass ich Spaß gemacht habe, aber ich schwöre, ich habe ihn momentan nicht erkannt und war ehrlich so cool. Mein Mann, der die Situation in sicherem Abstand verfolgt hat, hat mich für meinen irren Mut total bewundert.

Sexuelle Belästigung am Arbeitsplatz

In der Firma hatten wir einen männlichen Lehrling, Herrn H., der ausgesprochen fesch und attraktiv war. Die jüngeren Damen konnten sich nicht satt sehen an dem jungen tollen Mann. Er war für eine gewisse Zeit der Poststelle zugeteilt und hat dreimal täglich zu fixen Zeiten die Hauspost in die einzelnen Abteilungen ausgetragen. Zu diesen Zeiten standen die Kolleginnen M. und P. wie zufällig immer am Gang und beobachteten – natürlich ganz unauffällig – den jungen Kollegen H.

Ich war zu dieser Zeit Assistentin des Finanzdirektors und habe den beiden Kolleginnen folgendes E-Mail geschrieben:

„Liebe Kolleginnen, aufgrund eines E-Mails der Personalabteilung an meinen Chef möchte ich euch im Vertrauen mitteilen, dass eine Beschwerde von Herrn H. vorliegt. Er hat um Versetzung in eine andere Abteilung ersucht, da er sich mehrmals täglich beim Postaustragen im zweiten Stock belästigt fühlt. Bitte rechnet mit einer genauen Befragung und unterlasst in Zukunft diese Übergriffe."

Ganz unten mit einem erheblichen Abstand habe ich die Worte „PS: Ätschi Petschi – habt ihr ein bisschen Angst bekommen?" geschrieben.

Die beiden haben einen ordentlichen Schreck bekommen und ich glaube so richtig haben sie mir den Scherz niemals verziehen.

Rekord im Kofferpacken

Wir verbringen einen herrlichen Urlaub in Dubai. Wir sehen Roger Federer beim Tennisturnier und er gewinnt auch noch. Es ist alles perfekt. Das Zimmer ist ein absolutes Highlight und es geht uns ausgesprochen gut. Das Hotel liegt in der Nähe des Flughafens, deshalb haben wir auch keinen Transfer gebucht, denn das Taxi ist viel billiger. Wir wissen, dass wir an einem Sonntag nach Wien zurückkehren und genießen den letzten Samstag-Abend am Zimmer. Wir haben uns gewundert, weil an diesem Tag das Zimmer nicht aufgeräumt wurde, aber es ist alles so toll, dass wir dem nicht allzu viel Bedeutung beimessen. Es läuft ein Fußballmatch im Fernsehen Barcelona gegen eine Mannschaft, die wir nicht richtig lesen können. Wir lachen, weil es sich liest wie SPÖ. Um ca. 23,30 Uhr läutet das Telefon. Es wird uns mitgeteilt, dass der Transferdienst zum Flughafen auf uns wartet. Mein Mann sagt, dass wir keinen Transfer gebucht haben und legt verwundert auf. Plötzlich aber fährt er wie von der Tarantel gestochen auf und sagt, dass wir eigentlich schon am Flughafen sein sollten, denn unser Flug geht ja am Sonntag um 1 Uhr morgens. Es war ganz einfach ein Denkfehler von uns. Ich sagte daher ganz ruhig: „ Du gehst jetzt schnell auschecken und ich packe die Koffer." Wir haben es rechtzeitig geschafft und hatten auch noch Zeit am Flughafen Geschenke für unsere Enkelin zu kaufen. Der nicht gebuchte Transferdienst hat uns eigentlich den Rückflug gerettet.

Seit diesem Tag weiß ich, dass ich Koffer innerhalb von 10 Minuten packen kann und es ist nichts ausgeronnen, kaputt gegangen, oder vergessen worden.

Engerl/Bengerl-Spiel

Es ist ein netter Brauch − das Engerl/Bengerl-Spiel, den Conni ganz besonders schätzt, weil es so spannend ist wer wen zu beschenken hat. Mehrere Personen ziehen einen Zettel, auf dem ein Name steht, den man als einzigen zu einem Anlass, meist zu Weihnachten, zu beschenken hat. Es ist eine schöne Idee, damit man sich nicht Gedanken machen muss allen ein Geschenk zu geben. In der Familie wurde vereinbart, dass auf keinen Fall verraten werden darf, wer wen zu beschenken hat.

Nachdem die Ziehung erfolgt ist, alle begeistert von der tollen Idee waren, läutet am nächsten Tag bei Conni das Telefon. Die große Tochter ist dran und fragt verzweifelt was sie dem Schwiegervater der Schwester schenken soll. Am gleichen Tag abends ist die kleinere Tochter an der Strippe und fragt was sie dem Opa besorgen soll. Am darauffolgenden Tag kamen zwei weitere Anrufe, die einen ganz dringenden Rat zwecks Besorgung eines genialen Geschenkes betrafen. Alle, aber wirklich alle der 13 Personen, die von der Idee begeistert waren, haben Conni kontaktiert und von ihr Geschenkideen gefordert und einige auch gleich deren Besorgung in Auftrag gegeben.

Nur ein einziger hat sich nicht gemeldet, ihr Schwiegersohn. Also war klar, wer sie beschenken wird/soll/muss. Tolle Überraschung.

Das war nicht im Sinne des Erfinders. Im Folgejahr wurde die Idee des Engerl/Bengerl-Spiels nicht mal ansatzweise angedacht.

Bin ich ein Monk?

Ich verbringe einen tollen Abend mit meiner Freundin in der Wiener Innenstadt. Wir gehen gut essen, strandeln über die Kärntnerstraße, gehen ein wenig shoppen – was bei Frauen ein wenig heißt – wissen wir alle. Also mit einem Wort alles ist perfekt, damit sich FRAU wohl fühlt. Vollgepackt mit Einkaufssackerln, beschwingt von tollem Lebensgefühl und von einigen Proseccos suchen wir noch ein nettes kleines Lokal, um vor dem Nachhausegehen einen kleinen Absacker zu genießen.

Wir betreten das Lokal – ohne Werbung machen zu wollen – es setzt sich aus den beiden Wörtern Orgel und Wein zusammen – und mir gefällt die gemütliche Ausstrahlung des kleinen, aber feinen Lokales. Die schummrige Beleuchtung ist perfekt, die Einrichtung sehr originell – man sitzt auf Hockern und als Tisch dient ein Weinfass. Die Bedienung ist supernett, jung, frisch, und wir bestellen 2 Glas Prosecco. Der Kellner bringt die Gläser und stellt einen Teller mit Aschanti-Nüssen, noch in der Schale, dazu.

Ich möchte gerade meine unzähligen Einkaufssackerln zwischen den Stühlen und meinen Beinen ordnen, als mein Blick auf den Lokalboden fällt und mich fast der Schlag trifft. Er ist übersät von Nussschalen. Ich sehe bestürzt in das Gesicht meiner Freundin und dann auf die anderen Gäste. Plötzlich sehe ich, wie ein anderer Gast die Nussschalen mit Schwung auf den Boden wirft und ich fühle es wie eine Messerattacke auf meinen Körper. Meine Freundin erfasst die Situation und meine plötzliche Bestürzung und meint nur: „Das ist hier so üblich. Entspann dich, du Monk. Das ist das persönliche Flair dieses Lokales." Immer wieder muss ich mir von ihr anhören, dass ich gewisse Ähnlichkeit mit dem amerikanischen TV-Serienstar habe, der krankhaft pedantisch ist.

Sorry, Mist auf den Boden zu werfen hat für mich nichts mit Flair zu tun. Das ist für mich schlicht und einfach schlampig, dreckig, grauslich, unmöglich, ...

Bananenrepublik

Hier das Schreiben eines erbosten Kunden an die Buchhaltung eines Telekommunikations-Unternehmens eines Nachbarstaates. Die Namen der Firmen sind mir bekannt, werden aber hier nicht genannt.

„Liebe Damen und Herren, Sie scheißen mich langsam an. Sie schicken mir eine Mahnung für Juli und August. Das habe ich alles bezahlt, kann es auch belegen. Keine Ahnung, in welcher Bananenrepublik Sie Buchhaltung studiert haben. Schauen Sie gefälligst nach, wo die Zahlen stehen. Ihr ganzer Service ist ein Durchfall, ein einziger Dünnschiss. Zwischen 2006 und 2008 hatte ich mehrmals kein Telefon mehr, tagelang, vermutlich hat ein Biber unterirdisch Ihre komischen Kabel durchgeknabbert. Seit 4 Monaten ist meine Combox abgeschaltet. Dazu kommt dann jeweils eine verzagte Frauenstimme: „Diesen Service können wir Ihnen derzeit leider nicht bieten." Ich erwarte ja auch nicht, dass mir eine schöne Frau einen ablutscht, wenn ich bei der C-com einen Vertrag unterschreibe. Ein funktionierendes Telefon würde genügen. Könnten Sie Ihre beschissene Buchhaltung also bitte einmal genau durchsehen. Für den August habe ich zweimal Rechnungen bekommen und zweimal bezahlt. Was glaubt Ihr Hirnwixer, wer Ihr seid? Ein Staatsbetrieb mit Monopol? Wenn man Euch anläutet in der Zentrale in O. ist man ½ Stunde in der Warteschleife und irgendeine traurige Schwuchtel fragt dann, ob man an den nächsten Computer weiterverbinden dürfte. Lecken Sie mich also am Arsch. Ihre übrigen Produkte wie „Digital-TU" oder „High-Speed-Internet" schieben Sie sich bitte dorthin, wo die Sonne nie scheint. Der Ort ist an Ihrem Rücken, gleich unter dem Steißbein. Den nächsten Vertreter, der an meine Haustür poltert – wenn es ein Bursche ist, werde ich ihm in den Arsch f....., wenn es eine junge Dame ist, werde ich ihr sagen, dass sie hässlich ist wie die dunkle Nacht. Was soll eigentlich Ihr komisches Emblem? Ist das ein Werkzeug, um unfähige Verwaltungsräte zu kastrieren? Völlig unnötig, die Buben sind schon ohne Eier zur Welt gekommen und Mami hat sowieso vergessen, sie rechtzeitig abzustillen. In tiefem Mitfühlen Ihr F.Z.

Mordalarm

Eigentlich ist Gottfrieds Oma schuld. Sie schenkte ihm zu Weihnachten eine Reisetasche, die man ganz klein zusammenklappen kann. Das war damals eine echte Rarität.

Gottfried war gerade beim Bundesheer in Klagenfurt und wollte seine Tante in Sölden, die dort auf Saisonarbeit war, besuchen. Er hatte einen ÖBB-Freifahrschein, da sein Vater ein ÖBB-Bediensteter war und er löste das Ticket mit dem Endziel Landeck ein. In Innsbruck bekam Gottfried einen neuen Sitznachbar, der sich irgendwie auffällig benahm, dann aufstand und zum Schaffner ging. Gottfried hat kurzfristig vor Abreise mit seiner Tante vereinbart, dass er schon vor Landeck bei der Station Ötztal aussteigt. Er fährt dann mit dem Bus weiter bis Sölden und sie holt ihn von dort ab. Das Ticket musste er aber deshalb nicht ändern lassen. In Sölden wurde der Bus gestoppt, die Polizei hat Gottfried aus dem Bus geholt und ihn auf die Wache zum Verhör gebracht. Er wurde gefragt wo er am Freitag vor drei Wochen war. Zum Glück hatte er nachweislich Bereitschaftsdienst beim Bundesheer und nach langer Überprüfung des Alibis und Abnahme der Fingerabdrücke wurde Gottfried wieder freigelassen.

Der Sitznachbar hat in der Zeitung gelesen, dass in Amstetten ein Mädchenmord passiert ist und dem Opfer eine Tasche, die genauso aussah wie die von Gottfried, gestohlen wurde. Daraufhin ging er gleich zum Schaffner und dieser verständigte die Polizei. Es war obendrein verdächtig, weil die Bahnkarte bis Landeck ausgestellt war und Gottfried aber früher ausgestiegen ist. Eigentlich hätte alles zusammengepasst. Der wahre Mörder wurde Tage später im näheren Umfeld des Mädchens gefasst.

Also Vorsicht bei Geschenken von harmlosen Omas.

Der Speck muss weg

Seit einigen Wochen nehme ich an einem Abnehmprogramm in der Firma teil. Weight Watchers at work ist ein voller Erfolg und meine Kollegen und ich sind total begeistert und wir haben tolle Erfolge.

Nun beginnt die Urlaubszeit, wir sind voll motiviert und gut gerüstet auch im Urlaub die Vorgaben des Programmes einzuhalten. Das Gute an diesem Programm ist, dass nichts verboten ist, aber man sollte sich die kleinen Sünden eben gut einteilen. Zum Glück bin ich eh kein großer Süßigkeitenfan und auch Eis gönne ich mir nur gelegentlich.

Wir verbringen einen herrlichen Urlaub am Gardasee. Bei strahlendem Sonnenschein machen wir einen Ausflug mit dem Schiff nach Sirmione. Begeistert vom Anblick dieses wunderschönen Städtchens gehen wir fasziniert durch die engen Gassen und genießen das italienische Flair. An jeder Ecke findet sich ein Eissalon und die verschiedenen Eissorten türmen sich in den Schaufenstern. Natürlich gönnen wir uns bei dieser Hitze ebenfalls eine Tüte der wohlschmeckenden Köstlichkeit. Wir flanieren wieder zur Bootsanlegestelle, hunderte Menschen tummeln sich rund um uns, es ist Hochsaison und wunderbares Wetter.

Doch plötzlich und ohne jede Vorwarnung stoppt die Menschenmenge vor uns. Es kommt zum kurzen Stillstand, da eine große Touristengruppe gerade einem Boot entsteigt. Und genau vor mir, face to face, steht meine Weight Watchers-Betreuerin aus Wien und starrt mich an. Zuerst mir in die Augen und dann auf meine Eistüte. Am liebsten hätte ich die Tüte fallen gelassen und gesagt, dass ich gar nicht da bin. Sie aber begrüßte mich herzlich und lachte total freundlich und hat kein einziges Wort über mein Eis verloren. Das schlechte Gewissen ist mir wahrscheinlich eh am Gesicht abzulesen gewesen.

Zurück in Wien hatte ich beim nächsten Abwaagetermin 1,8 kg weniger. Na, der habe ich es aber gezeigt.

Wichtige Entscheidungen

Karl ist dienstlich ziemlich eingespannt. Viele Dienstreisen in den Osten, lange Autofahrten, viele Flüge, harte Verhandlungen, Stress pur. Immer erreichbar sein ist ein selbstverständliches Muss. Eigentlich setzt man sich selbst unter Druck, aber das Handy ist mit der Zeit ein allgegenwärtiger Begleiter geworden. Eines Nachmittages läutet das Telefon, der Einkaufschef ist dran – wie immer: hektisch, laut, ungeduldig, unfreundlich. Er grüßt nicht, fragt nicht, ob er vielleicht ungelegen anruft und sagt nur: „Wir brauchen dringend ein paar Infos und Entscheidungen von ihnen, wir haben keine Zeit, das muss sofort erledigt werden, denn wir sind in einer Sitzung."

Karl bleibt ganz ruhig und sagt mit Gelassenheit, aber mit dem richtigen Unterton: „Grüß Gott Herr H., ich gebe ihnen gerne die gewünschten Informationen, wenn ich fertig bin, aber auch ich bin derzeit in einer für mich persönlich wichtigen Sitzung, ich sitze nämlich am Häusl!"

Vielleicht war das ein kleiner Telefon-Benimm-Dich-Kurs für den ungeduldigen Herrn H.

60 Dinge, die uns glücklich machen

(Quelle Isabella Klausnitzer/Kurier)

Hals über Kopf verliebt

Lächeln

Zurücklächeln

Eine tolle Putzfrau

Der letzte Abend vor dem Urlaub

Wenn das Kind in den Christkindbrief schreibt, dass bitte, alles so bleiben soll, wie es ist

Die Hose ist zu weit

Backofenfrischer Kuchen vom Blech

Einen freien Parkplatz direkt im Zentrum ergattern

Den Satz „Ich bin verrückt nach dir" gesagt bekommen

Den Satz „Ich wollte Sie schon immer einmal persönlich kennen lernen" hören

Ein Anruf von IHM zu bekommen und zu wissen: Dafür lässt er ein ganzes Meeting warten

Fröhliches Kinderlachen

Nach dem Sport völlig verausgabt sein

Einen freien Nachmittag haben, Mailbox deaktivieren und offline sein

Das Gefühl „Prüfung bestanden"

Einen Preis bekommen

Freundeskreis ausmisten

Die beste Freundin vom Flughafen abholen

Anflug auf New York (immer wieder)

Einen Regenbogen bestaunen

Über frischen Pulverschnee laufen

Affektkäufe (manche☺)

In den Winter-/Sommermantel vom letzten Jahr schlüpfen und einen

10er, 20er, 50er .... in der Tasche finden

Finanzen regeln

Flashbacks an Waaaahnsinnsliebesnächte

Sex mit Liebe, sprich: verschmelzen

Guter Sex mit einem völlig Unbekannten

Ayurveda-Kopfmassagen

Sein richtiges Gewicht angeben und kein Problem damit haben

Schwanger sein

Laut lachen

Feststellen, dass man sehr gute Freunde hat

Tanzen im „Saturday Night Fever"

Ein wunderbares Kompliment hören

Geschenke auspacken

Nein sagen

Türe zuknallen

Frische Bettwäsche

Erste sein

Eine Mix-CD (iPod-Playlist) geschenkt kriegen (wer auch nur die geringste Beziehung zur Musik hat, weiß, wieviel Gefühlsaufwand in einer maßgeschneiderten persönlichen Playlist steckt

Eine Stammbar haben

Mitgrölsongs im Autoradio

Wirklich verzeihen und jemandem vergeben

Auf einem Langstreckenflug upgegradet zu werden

Frische Rosen, die nach Rosen duften

Die richtige Schlange zum Anstellen wählen

Einen ganzen Samstag im Cafe verplaudern, planlos

Wecker ausschalten und weiterschlafen

Tiefschnee fahren

Mein Hund

Der erste Frühsommerabend, an dem man ohne Jacke draußen sitzen kann

Einen Berg besteigen – bis zum Gipfel

Sicher sein, dass man niemals einen anderen lieben wird

Nach vielen durchgearbeiteten Nächten endlich ein Projekt abzuschließen

Im Morgengrauen nach Hause kommen und die Vögel zwitschern hören

Überstürzt ins Ausland abhauen und eine Weile einfach nicht erreichbar sein

Nochmals neu anfangen

Wenn einem auf der Straße ein echter Rauchfangkehrer zulächelt

Silvester ausfallen lassen

.... und hier ein paar eigene „Dinge", die MICH glücklich machen:

Meine Familie, meine Freunde

Ein großer Teller guter Pasta

Ein Tennismatch im dritten Satz im Tie-Break gewinnen

Ein Kompliment von meinem Mann (selten, aber dann ehrlich)

Die Anrede „Moni-Omi" von meinem Enkelkind

Ein Guten-Morgen-Küsschen von Hund Lilly

Tennisgenie Roger Federer

Musik von Rod Stewart

Die Stimme von Celine Dion

Weihnachten feiern

Einem Ungustl ordentlich die Meinung sagen

Am Meer/Teich/See zu sein, besonders am Wörthersee

Für euch Geschichten schreiben

Mein Schrebergarten

TV-Krimis

Pensionistin sein

Das Wienerlied

Boogietanzen

Reisen: Österreich, Italien, Dubai, USA

Epilog

Ich hoffe, es hat euch gefallen und ihr seid weiterhin Lieferanten von netten, lustigen, skurrilen und unglaublichen, aber wahren Geschichten. Auch diesmal mein Tipp:

Wenn euch mein Buch gefallen hat, empfehlt mich euren Freunden, wenn nicht, dann euren Feinden!

Von Schopenhauer gibt es eine schöne Geschichte, dass er sich nach der Lektüre einer vernichtenden Kritik im Bad zurückzog und dem Kritiker schrieb: „Sitze auf dem stillen Örtchen. Habe gerade ihre Kritik vor mir. Gleich habe ich sie hinter mir."

Ich möchte auch an mein erstes Buch „Hot in the City" und an mein zweites „Werk" „Cold in the City" erinnern. Vielleicht sind sie gemeinsam mit diesem Buch ein nettes Mitbringsel bzw. Geschenk für liebe Mitmenschen.

Den Erlös der Bücher spende ich nach Abzug meiner Unkosten an die Krebsforschung/Krebshilfe, da viele meiner Liebsten an dieser schrecklichen Krankheit erkrankt bzw. gestorben sind. Helft bitte an der Erforschung der Heilmöglichkeiten dieser Krankheit mit.

VIELEN DANK FÜR EURE HILFE!